Lecciones de Vida

CONFLICTOS

TEXTO: JENNIFER MOORE-MALLINOS

ILUSTRACIONES: GUSTAVO MAZALI

edebé

IDÉNTICOS PERO DIFERENTES

Marcos y Álex son dos hermanos gemelos completamente iguales.
Son casi idénticos: tienen el pelo pelirrojo y rizado, muchas pecas
y los ojos muy oscuros. Mucha gente, incluso sus padres, solo los
diferencian por su comportamiento.

EL TRAVIESO Y EL ENCANTADOR

Marcos es tranquilo, muy educado y se comporta bien con todo
el mundo. En cambio a Álex también se lo conoce como el gemelo
travieso: es enérgico, mal educado y siempre se mete en líos. A diferencia
de su hermano Marcos, quien siempre intenta alejarse de los problemas,
Álex parece que los busque. Pero, tras lo sucedido la semana anterior,
el hermano travieso se ha propuesto cambiar de verdad.

ÁLEX VA AL PARQUE EN MONOPATÍN

—Marcos, ¿vamos un rato al parque con el monopatín?
—le pregunta Álex pellizcando el brazo a Marcos.
—Ve tú, que yo ya iré más tarde —le responde Marcos—. Primero quiero terminar un par de problemas de matemáticas.
—De acuerdo, pero date prisa —le dice Álex mientras sale corriendo a la calle con el monopatín bajo el brazo.

¡POR FIN SOLO!

Cuando Álex llegó a la pista de patinaje del parque se puso muy contento porque no había nadie. El parque estaba vacío y parecía que todo fuese para él solo. A Álex no le gusta compartir y le fastidia mucho tener que esperar su turno. Por eso estar solo en el parque era bueno porque así seguro que no se pelearía con nadie.

EMPIEZAN LOS PROBLEMAS

Álex se lo estaba pasando estupendamente bien. Había conseguido realizar algunos trucos nuevos y se estaba impacientando ya porque Marcos no llegaba y se los quería enseñar, quería que se diese prisa. Entonces llegó una pandilla de chicos al parque con sus monopatines; en ese preciso instante empezaron los problemas.

QUIEN LLEGA PRIMERO
NO PUEDE SER EL ÚLTIMO

Al principio todo iba bien, respetaban los turnos y no se interponían los unos en el camino de los otros. Esto fue así hasta que Álex decidió que ya estaba cansado de esperar su turno.

—Eh, yo he llegado primero, ¿por qué no os vais ya? —les dijo—. ¿No sabéis que quien llega primero no puede ser el último?

—¿Se puede saber qué te pasa? —le preguntó uno de los chicos—. Este parque es de todos, no es solo tuyo.

13

¡EL GEMELO TRAVIESO VUELVE DE NUEVO!

—¿Sí? ¡Eso hay que verlo! —respondió Álex. De repente, sin avisar, se montó sobre su monopatín, se deslizó por la rampa y fue directo hacia uno de los chicos. Le dio un golpe tan fuerte que la cara de éste chocó con la tierra, contra el suelo con los dos dientes de delante.
—¡Esto no quedará así! —le advirtieron los demás chicos mientras se llevaban al lesionado.

MARCOS YA ESTÁ AQUÍ

A pesar del lío que se había montado, Álex estaba bastante
contento, pues volvía a tener el parque para él solo.

—¿Por qué has tardado tanto? —le preguntó a su hermano
cuando llegó una hora después.

—Pues porque no me salía el problema de mates —le respondió
Marcos.

SI NO LO SABES, NO TE DOLERÁ. ¿O SÍ?

Álex no le contó nada de lo que le había sucedido antes porque sabía que Marcos se enfadaría con él. En cambio, sí que le enseñó los nuevos trucos que había aprendido y lo desafió con el monopatín. Desgraciadamente para Marcos, su hermano se lo había puesto muy difícil. No era capaz de repetir los trucos que éste le había enseñado, pero no se dejaba vencer tan fácilmente y siguió intentándolo.

LA PRÁCTICA AYUDA

—Marcos, vayamos a casa ya, ¡tengo un hambre que me muero! —se quejó Álex.

Pero Marcos estaba decidido a quedarse y seguir practicando:

—No me iré hasta que sea capaz de hacer estos trucos como tú o incluso mejor —le respondió.

—Haz lo que quieras pero yo me voy —le dijo Álex mientras subía al monopatín—. Nos vemos en casa.

Los dos hermanos siempre estaban compitiendo entre sí, sobre todo cuando practicaban deporte y casi siempre, aunque Marcos se esforzaba mucho, Álex acababa siendo el mejor.

«Pues hoy no será así», pensó Marcos. Quería ganar a su hermano con unos nuevos trucos. Por eso decidió quedarse a practicar un poco más.

Estuvo practicando hasta que estuvo tan cansado que ya no sentía las piernas. Entonces se dio cuenta de que era ya hora de volver a casa.

ERROR DE IDENTIDAD

—Eh, chaval, ¿adónde crees que vas?

Marcos se giró y vio una pandilla de chicos a los que no conocía y que se le iban acercando. Lo miraban con furia y parecía como si quisieran echársele encima.

Marcos estaba demasiado asustado para responderles. Todo aquello le daba muy mala espina. ¡Y cuánta razón llevaba!

—¡No deberías haberte metido con mi hermano! —le dijo, apretando los dientes, el mayor de la pandilla—. Pues, si te metes con él, tendrás que vértelas conmigo.

Marcos no entendía qué ocurría, pero intuía que no era nada bueno. Lo único que quería en esos momentos era regresar a su casa.

—No sé de qué me hablas. Ni siquiera sé quién es tu hermano —le respondió intentando que no se le notase el miedo.

—¡No mientas, eh! —le gritó el otro mientras lo agarraba de la camiseta—. Le has roto dos dientes, ¡imbécil!

¡FINALMENTE ÁLEX LO HA ENTENDIDO!

Marcos no recordaba qué le había ocurrido después de aquello ni cómo había conseguido llegar a su casa. Tenía bastantes heridas. Estaba tan confuso que no fue capaz de decirles a sus padres y a su hermano qué le había pasado hasta que hubo pasado algún tiempo. Y cuando lo hizo, por primera vez, Álex se dio cuenta de lo que había hecho: Álex sabía que, por su culpa, le habían pegado a su hermano. Si se hubiese portado bien con aquellos chicos, no hubiese sucedido nada. Pero no había sido así, y ahora lo único que podía hacer era confesarlo y admitirlo.

25

¿PERDERÁ ÁLEX A SU MEJOR AMIGO?

—Todo ha sido por mi culpa —admitió Álex—. Marcos, lo lamento
muchísimo.
Marcos estaba muy enfadado con él. Estaba tan enfadado que no
le habló durante varios días. Al tercer día, Álex empezó a preocuparse.
No podía hacerse a la idea de perder a su mejor amigo y no sabía
qué hacer para que mejorase la situación. Al final Marcos le perdonó,
pero le hizo prometer que aprendería a buscar la manera de solucionar
los problemas sin pelearse. Álex asintió y esta vez sin cruzar los dedos.
Con la mano derecha levantada, Álex dijo:
—¡Lo prometo!

27

¡CAMBIAR PARA MEJORAR!

Hace ya una semana y Álex ha cumplido su promesa.
Se ha leído casi todos los libros que ha encontrado en la biblioteca
sobre los conflictos y, aunque no le ha resultado demasiado fácil,
ha intentado mantenerse lejos de los problemas. Tardará un tiempo
en cambiar de actitud, lo sabe, pero después de lo que le ha
pasado con Marcos, se ha dado cuenta de que hay que pensar
en los demás y no abusar. Puede que le cueste algo cambiar
su forma de ser, pero, después de lo que le sucedió a su hermano,
lo intentará de verdad. Álex ya ha comprendido que no está
bien molestar a las personas solo para divertirse.

GUÍA PARA

El conflicto puede describirse como un desacuerdo entre individuos, en el que uno de ellos percibe una amenaza sobre cosas que considera importantes. El conflicto no solo se encuentra en el campo de las relaciones más íntimas, como la de padres e hijos, hermanos o amigos, sino que también puede darse entre personas sin ninguna relación y en cualquier situación, como sucede en esta historia.

A muchos niños les cuesta expresar verbalmente cómo se sienten, sobre todo durante una discusión, y por ello se frustran y agreden físicamente a alguien. Un niño puede responder enfadándose, dando patadas, gritando e incluso tirando objetos para así expresar la angustia que siente. Sin embargo, si se le proporcionan las herramientas adecuadas para desarrollar sus emociones estará más predispuesto y abierto y, por consiguiente, tendrá más ganas de resolver los conflictos.

Como sucede en otros aspectos de la vida, los conflictos son una realidad inevitable, que si no se tratan de manera apropiada pueden convertirse en problemáticos y potencialmente peligrosos. Por ello, somos nosotros quienes debemos enseñar a los niños las técnicas necesarias para responder ante los momentos conflictivos y controlarlos.

Los niños que se encuentran en una situación de confrontación pueden responder de maneras distintas. Aquellos que están habituados a ciertas estrategias o técnicas para resolver los conflictos estarán más capacitados para calmar un escenario potencialmente conflictivo.

Una forma fácil para que nuestros hijos sepan más sobre la resolución de conflictos es mediante un protocolo de actuación muy sencillo llamado STOP. Desde una perspectiva de acercamiento a la resolución de conflictos, STOP es una guía que, en cuatro pasos muy simples, ayudará a los niños a mantener una comunicación más abierta y a incrementar las posibilidades de conseguir una resolución favorable.

Los cuatro pasos para explicar a los niños son los siguientes:

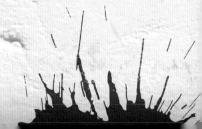

LOS PADRES

S. Siente como algo tuyo el problema e intenta entender cuál es el conflicto. Es importantísimo que identifiques el problema y que entiendas todo lo que se esconde detrás, ya que, a menudo, cada individuo tiene una perspectiva distinta de la situación y, si no se corrige, el problema no tendrá solución posible.

T. Ten en cuenta tus sentimientos y escucha los de los demás. Si eres capaz de hablar de tus sentimientos y escuchar con respeto lo que sienten los demás desarrollarás una habilidad que te proporcionará una actitud abierta y dialogante. Si en una situación confusa hablamos de los sentimientos de cada uno, ayudamos a compartir un conocimiento más profundo sobre el impacto emocional de los demás.

O. Ofrece soluciones al problema. Trabajar de manera conjunta para encontrar una solución al problema que sea aceptable para todos requiere compromiso y comprensión por parte de todos. Sin embargo, a veces, la mejor forma de resolver el conflicto es simplemente evitándolo. Quizá si los niños de la historia hubiesen sido capaces de alejarse de la conducta provocadora de Álex ninguno hubiese resultado herido.

P. ¡Pide ayuda! Es hora de pedir la ayuda a un adulto. Es necesario que sepas cuándo pedir la ayuda de un adulto responsable. A veces puede ser mejor pedir ayuda inmediatamente en lugar de intentar solucionarlo uno solo. Si la situación parece peligrosa e inestable hay que pedir ayuda de inmediato.

Para finalizar, cabe señalar que el objetivo de la historia es demostrar cómo la conducta hostil de un individuo puede tener un impacto negativo en una determinada situación y crear un conflicto. Lo que sí que es importante para los niños es disponer de las estrategias y habilidades necesarias para saber lidiar con las situaciones conflictivas.

El conflicto puede acabar con la paciencia y el autocontrol de un niño. A pesar de ello, con las herramientas fundamentales y una base de conocimiento sobre el tema tendrán más éxito a la hora de reconducir aquellas situaciones en las que surgen las discrepancias.

Conflictos

Texto: Jennifer Moore-Mallinos

Ilustraciones: Gustavo Mazali

Diseño y maquetación: Gemser Publications, SL

© de la edición: EDEBÉ 2015
Paseo de San Juan Bosco, 62 - 08017 Barcelona
www.edebe.com

ISBN: 978-84-683-1555-3
Depósito Legal: B. 20248-2014
Impreso en China - 1.ª edición, febrero 2015
Atención al cliente: 902 44 44 41 - contacta@edebe.net